Bernd Guggenberger
Der Wind steht gut für ein großes Geheimnis
Gedichte

Edition Isele

Design Reinhard Binder Berlin
ISBN 3-925016-45-7

Wir Schatten

Der Fluß ertrinkt
die Berge wandern aus in die
zitternden Fransen des Himmels
jetzt da wir nackt sind

und zittern wir wissen
kein Weg führt zurück
in Leben und Form
kein Rufen versammelt die Herde
die Sandtuhr schweigt
mit den dunklen Gehilfen des Lichts
klettern wir im Spiel der ersten

Nacht und spielen mit unseren Ketten
flachmüde Lichtgehilfen die
den Hintergrund bevölkern
in einer Szene ohne Tiefe
einzige Landschaft
die uns duldet

Erinnerung

Ich habe sie mir bewahrt
hinübergerettet
die Sterbepracht Deines Lachens
wir fahren im alten Kahn
nicht morsch trunken
sinkbar vor der Last unseres Glücks
ergreif sie
wenn Du sie eintauchst
die Ruder
behutsam und rudere sanft
in der Mitte des Stroms laß uns
noch eine kurze Weile treiben
eh die Mittagsonne
uns die Farben stiehlt

Vertrautes Geräusch

Jahrzehntealt doch unverlierbar vertraut
Knirschen und Schaben
wahrscheinlich hat es
in meinem Gehörgang Wurzeln geschlagen
seinen Hausstand begründet
kehrt wieder bringt sich zu Gehör
wie es ihm gefällt
so ist das mit Vertrauten
Lauten und Leuten
die wir kennen
und wissen nicht aus noch ein
woher

Wo ich Bürger bin

Warum wir zusammensitzen
in jämmerlicher Eintracht
(viele haben sich
geringerer Fehler wegen getötet)
warum ich ausgehe warum ich mich
gemeinmache
vermische mit den Gemeinen
warum bin ich
alle mit allen im Bund
warum
wo mein Kopf doch
seinen eigenen Anspruch trägt
warum sitze ich am Tisch
mit Dir und Dir
und lasse mir
meinen Verfassungsvorschlag für die Welt
verwässern

wie sähe sie aus
die reinlich geschiedene Welt
wo die Achtbaren sich nicht
mit den Verächtlichen mischten?

Aus der Ferne

Ich träume mir
ich träume Dir
ein unnütz reiches Haar

Dein Geruch ist mir abhandengekommen
die Reihe Deiner Zähne
meine Zunge würd sie noch ertasten
Göttin Du
der eignen Schöpfung müde
steh still
einen Moment lang nur
und nun geh weiter
das ist der Schritt
der Dich schon immer zu mir getragen
wenn Du mir wegliefst
entkommen wirst Du Dir nicht

Ich träumte Dir
ich träume mir
Dein unnütz reiches Haar
mich zu erwärmen zu zerstreun
und übers Jahr
das Jahr zu überleben

(Für Möni G.)

Unter Tag

Unsere Gefühle
unter Tag hastig
lieben wir uns
mit rußgeschwärzten
Gesichtern

Vom Lauf

Mein Auge
klebt
an jener Stelle
ihres Bauches
an der ihr schweiß-
nasses Hemd
klebt vom Lauf

Hauptsache Hauptsache

Mit Scheitel Steiß und Achsel-
haar und gewölbter Unterlippe
ich lieb' Dich
mit allem
was ich hab'
und mit allem
was ich nicht hab'
doppelt versuche ich Dich
für meine Sache
zu gewinnen und
zur Sache zu kommen
wie nebensächlich
eben zur Hauptsache

(Für Möni G.)

Und in Moskau

Die Metro
für sechs Kopeken
gibt's keinen Kaugummi
Dein Übermut
Du spätkapitalistische Satansbraut
mit heraushängendem Hemd
und blanker Zunge
vorm Leninmausoleum

Ich küsse dich

Mein Kuß
der Dir die Herrschaft gibt
im Land der Farben
Blau & Rot
meine Zunge
die Dich zur Herrin macht
über Zinnen und Söller
Alabaster und Not mein Atem
der Dich über Land und Meer
erhebt
über Hütten und Paläste
Du
die ich küsse
zur Göttin küsse
der Guten und Bösen

IM SCHMELZTIEGEL meiner
Lebenssaat
die Rechenschaft neben der
Umkehr
Rückfragen schieben sich im
Kerngehäuse vor
hier geht
ein steifer
Wind
wirbelt
im Zentrum des Schwanengewissens
stöbert in Rückständen
stößt vor in die Gleichzeitigkeit
entreißt mir mein Monopol
in der Urzelle

Heimat

Wo
wenn nicht hier
noch nach dem Einfachsten
müßte ich
in einer fremden Sprache
fragen

Weites Land

Widerstand
vom Windspiel
weggerafft

keine Drohung
für das Auge

Ushuaia

Am Ende der Welt
              jenem
Korridor ins Nichts zu Niemand
am Ende der Wünsche und ganz
am Anfang aller Sehnsucht
wo das Unerreichbare
              beginnt
für den der alles besitzt
das Niebesessene das Große Entgleiten
die Einzige Eroberung der Ultimative Auszug
der Exodus der Letzten Einkehr
von aller Rückkehr abgeschnitten
              umzingelt
vom Lockruf des südlichsten Goldes
flüchtig dem suchenden Auge der
tastenden Hand sich entwindend
    Heimat ein Nichts
    Herkunft ein belangloses Dunkel
    Pflichten und Rechte und
  Titel und Söhne und ihre Mütter
einziges großes Ausatmen Ab-
streifen von der Seele aus-
glühende Erinnerung Wetterleuchten
immer wieder gebrochen
am Faradayschen Käfig des
grundlos mächtigen Jetzt und Hier
    neuer Souverän: der Augenblicke nächster
    Gedächtnis im Futur: was hinter uns liegt
liegt hinter uns
    schläft
den Schlaf des Gerechten und des Unge-
rächten schläft

unser Aufwachen ist ohne Erinnerung
traumlose Nacht des Lebens
nichts ist was vor dem
südlichsten Punkt war
der bewohnten Erde

meine Sehnsucht ist ohne
Rückspiegel ist ohne Gedächtnis
abgrundtief
    ferne Helden ich komme zu Euch
ohne Applaus selbstvergessen
am vergessenen Ende der Welt

Versuchsgelände

Keine Angst in White Sands
wird dem Tod nur der
Puls gefühlt dem schnellsten
den wir je hatten
auf den Schwingen des Lichts
keine Angst alles
ist nur ein Test
im Versuchsgelände doch

die Kojoten klingen echt
die um die Hundehütte heulen
und die Vakuumkammern die
einst Beute waren und Bau
bevor die Kühltürme
die rubinroten Dünen er-
stürmten
und Dollars milliardenfach
Photonen zeugten
für den ultimativen Laserschuß
keine Angst getötet

wird und gestorben
in nullkommanull Sekunden
zum Schein vorerst unser Sarg
ist weiß

Tal von Tularosa

Im weißen Sand ziehn sie wieder
in Reih und Glied Geronimo
und seine Mescalero-Apachen

violett der Nachthimmel
und romantisch trunken
ihr Gesang von den Strahlen-
pfeilen ihrer Kehlen angerauht

einen Versuchsschuß den letzten
Überlebenden der freien Wildbahn
nur einen für diese Einöde
nur einen für die Reise des Todes

nur einen auf das gebrechliche Gleich-
gewicht des Nuklearen zu erlösen
die Gebeine der spanischen Koloni-
satoren sind sie weiß sind sie rot

verdampft auf der Jornada del Muerto
in den vierhundert Jahren
den Bruchteil einer Nanosekunde
zu spät für ein Mirakel

Vergeblich

Die Dämme die wir bauten
die die Flut anschwellen
ließen

Die Burgen die wir türmten
die den Feind ins Land
riefen

Die Liebe die wir beschworen
die unserem Haß
die Stimme gab

Zeitparadox

Die langen Sommer der Kindheit
die nicht endenden Windjammerparaden
der fahle gelbe Mond des Mai
der sich endlos dehnt
zum Horizont des Herbstes

Ihr habt den
Furien der Erinnerung
die Bits geliefert
den Reißwolf den Kuhmagen
der wiederkäuenden Zeit gefüttert
daß er sich bläht

Verlaßt mich nicht
erlebte Stunden so fern und flüchtig
und ganz ohne Sensation
wie Sand im Haar
wie wahre Liebe
klare Pflichten
heitre Ehrfurcht

Hoffnung

Im flachen Land
wo sich des Maulwurfs schwarzes Schloß
zum Nanga Parbat türmt
hoch droben
den Sternen nahe
wo Dein Atem
Wolkenbänke vor sich her treibt

Hoffnung
der aufgedunsene Wasserbauch
eines wüstenkranken Kamels

Klugheit des Wassers

Im Winter
erholt sich
das Meer
von den Menschen
die sich im Sommer
am Meer
von den Menschen
erholen

Meere sind
klüger als wir
sie brauchen sich nicht
im Sommer
bei uns
von ihresgleichen
zu erholen

Illustriertenschöne

Vielleicht
gibt sie ja nur
uns allen
öffentlich
die Brust?

Dichter

Im Schatten
Deiner Worte
der Riese
mit der Torte

Rendezvous der Spiegelmenschen

Die vielen abgedankten Könige
die ich erblicke
mit denen ich auf Duzfuß stehe
ob ich
noch zu Euch gehöre seit ich
die fundamentale Wahrheit ihrer Skelette
erkannte
das weißbleiche letzte Ereignis
ihrer Totenschädel

ob ich zu Euch
gehöre jetzt wo ich eine Welt
von außen sehe
mich keine Umklammerung mehr
hält noch Sehnsucht trägt

es gibt zwischen uns nicht mehr
die Gemeinsamkeit der Geräusche

Politologenkongreß

Erschrecken
beim Blick
auf ihre unverstörbare
Emsigkeit

Erschrecken
beim Gedanken:
vielleicht
gehöre ich hierher

Verscharrtes Glück

Wo hat der Greif
unseren Saphir
begraben?

Wo wird mich
geliebte Gehaßte
das Fiakerlied
Deiner Verzweiflung
erreichen?

Wo wirst Du
geliebte Greisin
Deinen Schmerz
zur Ruhe betten
daß ich ihn
singen höre?

»Où le griffon a-t-il enterré le saphir?«

Geliebte Greisin
vom hohen Altan
träufelst Du
in heißer indischer Nacht
Dein Parfüm
über die Herden der Ebene

Geliebte Greisin
den Tod im Flácon
vergißt man nicht
samt seiner juwelenbestickten Schleppen

Geliebte Greisin
Dein Atem
Zierrat der Horde
die unser Geheimnis verscharrt
zinnoberrot
der Saphir des Greifs

Tägliche Herausforderung

Schafe geduckt ein
Pferd angepflockt
traurig nachhängend
den entfliehenden Ver-
                    suchungen
Am steinigen Straßenrand
leere Bierdosen und
                    was sonst
bleibt vom Gewesenen
in Frage zu stellen und
zu befragen
den Tag

Einzug in Jerusalem

Was mag das Eselchen
am Pflock
über unsern
Einzug in Jerusalem
denken?

Ihr die Ihr Euch
nähert der Stadt des
Friedens mit Salz
im Haaransatz vom
Toten Meer Touristen
spielen laßt über
die Hi-Fi Anlage
im Bus Touristen
den 122. Psalm
den die Pilger sangen
beim Einzug
in diese Stadt

Nina aus dem Carlton Hotel in Nahariyya

Du die man
in Seidenstrümpfen
gesehen haben will
starr und funkelnd
vor Sauberkeit
Du willig gezwungen
mit jenen zu leben die
mit dem Schwerte leben die
anstoßnehmen und anstoßen
und stoßen
Du mit dem
Lächeln der Hoteldirektion
im brennenden Land
des Dornbuschs
die Kaffeedüfte Lügen strafend
mit Augen
des fliehenden Wüstensands

Warum gibt es
keine Reparaturwerkstätten
für Völker?

Du Diebin

Die Du Dich
aus meinen Träumen
stiehlst Du hast
kein Recht darauf
in meiner Erinnerung
nicht vorzukommen

Mein Leben

Eine weite Wiese
voller Schnee
auf der
nach allen Seiten
Spuren auseinandergehen

von oben
kann ich alles sehen
und von fern
und von allen Seiten
zugleich

Am Totenbett

Ob der
im Sterben
liegende Vater
dem Sohn
das Leben
neidet
das er ihm
eingegeben hat
als er noch
voll war
und übervoll
mit Leben?

Provinz

Gesichter zum ersten-
mal geschaut schwer
von der Last des Geläufigen
jeder ein Irgendwer
doch kein
beliebiger
jeder ein Schatten
mit lauter unverwechselbaren Eigenschaften
tausendfach geschlagen
einmalig wie alle anderen auch
und unfähig zu schauen
wie die anderen auch
mit anderen

denn der anderen Augen
Gesichter zum zweiten und
zum dritten
allesamt unter Nennwert
verkauft

Frühmorgens
wenn es noch dunkel ist
und kalt

Straßenfeger im Cut
die ich hasse die
ihren Rolls-Royce schieben
die Verkünder der frohen Botschaft
gläubig
die dem Schicksal gebieten
(jedenfalls so tun als ob)
wenn sie Zähne putzen
Füße abtreten den Fußgängerüberweg
benutzen

ich hasse die Leute für ihr Unglück
und am meisten für das
das sie nicht kennen

Wortlos tatenlos

Ich lebe auf einer Insel
ringsum
von festem Land umgeben
abgeschnitten
von allem was trägt
deshalb kann ich
unverbrüchlich mir treu sein
und Dir
meine Gedanken
sind ohne die Schatten der Worte
und meine Gefühle
frei
von den Mauern der Tat

so lebe ich
ohne je zu sterben
Stunde für Stunde

Zu mir

Täuscht Euch nicht
wenn ihr mich sitzen
seht
reglos blicklos
fesselfrei von etwas gefesselt
das Ihr nicht seht
wenn ich so sitze
nicht bei Euch
und doch weniger fern
als Ihr denkt
so an Händen und Füßen
still
an Auge und Ohr
bin ich doch gleichwohl rastlos
unterwegs
auf dem besten Wege
zu mir

Für Charlie

Der Vorschein des Guten
im Gelungenen und Schönen
der perfekte Verführer
oder auch nur
die ganz reine Kunst
wie kein Mensch zu gehen
das ganze Geheimnis
des Beifalls
und des Ruhms
ist die Wirklichkeit
die unerträgliche
unter der Last
aller gestorbenen Rosen

die sich dem
Optimismus des Akrobaten
widersetzen ihn
herbeilocken

Flucht in die Artistik

Lamm und Pfau
die dem Adler lauschen

Metaphern sollte man
nicht zu wörtlich nehmen

Wannn tauschen wir endlich
die Unerträglichkeit der Natur
gegen die Geborgenheit
künstlicher Paradiese?

Fröhliche Wissenschaft

Nirgends
entrinnen wir
der archaischen Macht
des Unbewiesenen

Das macht
den verliebten
Wissenschaftler
so sympathisch und
so lächerlich

Meinung der Wissenschaft

Es gibt nur
das Atom
alles andere
ist Meinung

Doppelter Abschied

Der Regen der Jahre
trinkt
jede Fackel

Keine Dauer
im Fundament
streuen
Sekundentiere
Sand

Archäologie

Alles verschwindet
der Mensch
die Bücher
das Leben
und dann auch
die Berge
die ewig thronen
dort unten

Schlafendes Mädchen im IC

Der Körper der Maschine
die mich trägt
zu den Horizonten der Welt
den unbesiegten Besiegern

Ihrem Rhythmus will ich
mich einleben
ihrem Leib werden
Lunge und Hals

Vor mir die Welt
als offene Wunde und
hinter mir eine Welt
die reißt und tötet und
friedlich Schlaf ausgießt
über Sommersprossen

(Für A. K.)

Unterwegs

Es bleibt
was ewig wiederkehrt
wie das Geräusch
von Stahl auf Stahl
das Rütteln und Stoßen
das Ziehen und Gleiten
das einzige Hinab

Jenes Geheimnis

Ich habe sie nicht vergessen
jene einzigen
die in der Fülle ihres Geheimnisses
existieren
jene Gültigen
die den Bann von Wort und Tod
verließen
die abstreiften das
Nesselhemd von Tat und Verhängnis
jene vom neuen Tag
Verwundeten jene Helden
der einzigen Kugel im Lauf
jene Vielbedeutsamen
deren Geheimnis
sich im Sichtbarsten
erfüllt

Großes Geheimnis

Mein Ruf
zwischen Hügel und Horizont
im Niemandsland
der bilderstarken Sehnsucht
Dein Auge im Sand
Sand im Gürtel
Sand unterm Schuh
Dein Tarngewand
Dein rätselhaftes Duftgetier

Der Wind steht gut
für ein großes
Geheimnis

Der erste Schritt

Nun da ich
gehen kann
ist es mir
für immer verwehrt
noch einmal
gehen zu lernen

Wahrheit

Die ganze verdammte
Wahrheit ist
daß jeder für sich
unter der Sonne ist und frierend
im All daß wir träumen
und wiederträumen mit
weit offenem Auge daß wir
stets täuschend getäuscht zu werden
bereit sind

aber auch
daß die Flüsse nicht
zu begradigen sind und
die Berge nicht abzutragen und
meine Liebe zu Dir
sich nicht wegerfinden läßt
vom Haß

Zaun mit Ausblick

Ich liebe
die andere Seite
des Zauns

Ich liebe
die andere Seite
des Zauns
und sein unerreichbares
Immergrün

Ich liebe
den durchbrochenen Zaun
der Verheißung
der mich
aufs Rad spannt

Mein Parnaß

In den Gruften des Parnaß
dort
wohin kein Licht-
strahl dringt die fliegenden Eidechsen
das dichte Schweigen üben
der Mandelbaum
erschauert in der Einsamkeit des Artgenossen
nicht ertastet nicht ertappt
verlorenes Schrittmaß verlorener Blick
dort hält er Hof Marquis de Sade
hält keine Kutsche keine Stadt-
rundfahrt kein Ofenrohr
durch das die Winde ferner Länder flüstern

wo die Sterne so fern sind
wie sonst nur das Ende
vom Lied vom Ende der Welt
mit Kratern und Gruften

Theatrum Mundi

Der wellenförmig nachwachsende Flaum
in Deinem aus-
rasierten Nacken und alle
fünf Sekunden stirbt einer
der nicht sterben müßte
die Du mich
erwartest mit Augen
die mich nicht sehen
zweieinhalb Minuten
vor dem atemlosen Glück
und zweieinhalbtausend Menschen
die im weißbleichen Bett
ihre Operation
erwarten ich wußte nicht
wie zerklüftet
Deine linke Brustwarze ist
wie unrund ihr Mond
der immer so weich ist
und rundum rund
in meinem Mund

Mitmensch

**Der fällt
aus dem Rahmen
der könnte
ein Mensch sein**

Abschied

Aus einem Tal des Friedens
stieg ich empor Dein Kopf schon
wie abgebrochen an meiner Schulter
der letzte Reim unserer Liebe
kreuzte sich mit den ersten Schüssen
aus dem gebrochenen Auge Deiner Zärtlichkeit
für mich
ein Abschiedsgruß fürs Leben
an seiner Hand schon
auf dem Weg in ein ferneres Land
rufst Du mir zu
noch einmal
ich wisse doch wir

könnten nicht zusammen leben vergessen
würden wir uns nie unser jüngster Tag

komme bald hab nur Geduld

Glück

Wenn Du mich
vergessen hättest
wenn Du mein Rufen
überhörtest
wenn Du einfach
eine andere Route nähmst
wenn Dir mein Umgang
nicht behagte
wenn die Briefe die ich schrieb
Dich nie erreichten
wenn Dir mein Haus
nicht mehr gefiele
wenn Du nicht schätztest
was ich lese
wenn Du mein Deo
nicht mehr riechen könntest
wenn Dir meine Götter
fremd geworden wären
wenn Du der Wahrheit
auf die Spur gekommen wärst
wenn ich
ein hoffnungsloser Fall wäre

so aber
hoffe ich
noch immer

Chiromanten

Die Hieroglyphen meiner Hand
die ich nicht zu lesen
verstehe
was steht geschrieben
zwischen Ost und West
im Pergament der Wälder
wieviel Wissen ist dem Wind
der die Blätter versiegelt
wieviel Ohr dem Wasser
das seinen Weg
durch die Gebirge bricht
wieviel Auge der lockeren Schar
am ziehenden Himmel
die kein Wächter umkreist
kein Hundegebell und doch liegt

alles Schicksal
in unlesbar flüchtiger Hand die
mit den Feuersteinen des Firmaments
Hoffnung und Sehnsucht
wandelt
in die Leuchtfeuer einer einzigen Nacht

Zeit der Reife

Der längste der Sommertage
der träge dahingeht vom
Wissen schwer gemacht
daß er nicht wiederkehrt
und wundervoll
von den Wundern des Vergessens

Du Dich

Mir ist jeder
Zuhörer recht
der ich überall
von nichts anderem reden kann
ich brauche
kein besonderes Publikum
die ich brauchte
gibt es nicht
und was verschlägt's
ob alle hören
oder keiner

Der große Vogel schwebt

Wir stehen
dicht gedrängt
allesamt ohnmächtig
von der Masse der Ohnmächtigen
aufrecht gehalten
aufrecht allesamt

auf der Titanic
immer noch
diesmal unsinkbar

Hinter dieser Sonne

Meine Generation ist jene
die ihre Uhren nicht mehr
nach den Kriegen stellt
Genossen der fahrenden Zeit wir
holen uns unsere Zeit vom Mond
vom Mars
und lieber noch von jenseits jener Sonne
die uns alte Amme
säugt und nährt und uns bekeift
die wir umtanzen
der Wahn und Rausch
das Ungefähr und Punktgenau
das Trefflich und Betroffen
alles was uns Schwere gibt
und Stoff und Form und Dauer alles

kommt vom All jenseits des Sonnenzoos
jenseits der Planeten
die große Freiheit
Zeit

Einzig im Weltall

Der Kosmos schweigt
in unsere Einsamkeit
das Weltall gähnt
in unser Suchen
Geschiebe und Gerenne
was ist sind wir
und unsresgleichen
viel genug
die Sechsmilliarden
die keine Brüder sind

mir reicht
die erste Insel des Zorns
mir reicht
die einzige Einsiedelei der tausend-
fältigen Gefühle
ich brauche nicht
im kalten All zu stochern
noch fernen Sternen
ein Echo zu entlocken

hab' Angst
es könnt' ein Nachruf sein
den keiner hört

Am Azur des Rätselhaften

Die Poesie und die Wiederverzauberung der Welt · Ein Bekenntnis

Irgendwann im letzten Jahrzehnt dieses zweiten Jahrtausends wird der Tag kommen, an welchem zum ersten Mal die Zahl der aktuell lebenden Menschen größer sein wird als die Zahl jener, die je gelebt haben, seit es überhaupt Menschen gibt. Wir spüren es schon lange: daß die Toten verstummen; daß die neue Mehrheit der Quicklebendigen und Zukunftszugewandten die Macht angetreten hat; daß wir, apokalypseblind und gewißheitsfanatisch, ohne jeden Rest jener einst menschheitsbegleitenden prometheischen Scham uns nach vorn orientieren und nach oben, völlig losgelöst, herkunftsentlastet, ein hastiges Lebewohl noch auf den Lippen für die Minderheit der Toten. Wir sind angetreten zum Ausrottungsfeldzug wider Elfen und Erlkönige, zur endgültigen Entzauberung der Welt, wir sind angetreten, die Gewißheit zu vermehren, wir stehen auf Kriegsfuß mit dem Ungeplanten und Ungewissen, vor allem aber: Wir verweigern uns den unlösbaren Aufgaben – den einzigen, für die es sich lohnte, morgens aufzustehen.
Einer meiner Gedichtbände ist mit Carnaps Musterbeispiel eines »sinnlosen Satzes« überschrieben: Dieser Stein denkt jetzt an Wien (»Als ich/in einem/wissenschaftstheoretischen/Werk Carnaps/den »sinnlosen Satz«/las:/dieser Stein/denkt jetzt/an Wien/mußte auch ich/an Wien denken«). Gibt es Destruktiveres und Despotischeres als Sätze einzuteilen in solche mit und ohne Sinn? Es gibt keine sinnlosen Sätze, es gibt nur abgestumpfte Menschen. Ist das hopsende Mädchen normal oder verrückt? Und spielt es eine Rolle, vor wem es hopst und wann und warum? Und willst Du es sein, der ihm sagt, es solle jetzt hopsen und jetzt stille stehn? »Täglich/dem Tod/entgehen/ist Leben/und den/Tod nicht/kennen/Tod.«
Wenn es etwas gibt, was alle angeht, dann sind es Gedichte. Gedichte sind das Allgemeinste, weil Privateste: Ich und Du,

Liebe und Tod, Himmel und Heimat, Jodgeruch und Jahreszeiten. Und Gedichte, die von weniger handeln als vom Unbeschreiblichen, sind die Tinte nicht wert. »...daß meine eigene Lautlosigkeit/die Stille/durchdringt.« Gedichte müssen vor allem Schweigen lehren und – Sie dürfen ein Thema niemals erschöpfen; dem Leser die prurities coniectandi, den Juckreiz zu bescheren, ist schon das Äußerste! »Ich schweige/am glanzvollsten/inmitten der Redseligen.« Oder, Sokrates skeptisch überbietend: Ich weiß, daß ich nicht weiß – wie also kann ich mein Nichtwissen wissen? Weiß ich am Ende also doch nicht nicht: also nicht doch doch? Ein Original ist, wer weiß, daß er eine Kopie ist. Aber wer kapiert schon, wenn er kopiert und wen? Nichts ist echt, nicht alles muß aber deswegen unecht sein.

Beobachte ein spielendes Kind: Wer spielt, meint es immer ernst. Wieso sollte es nicht ernst meinen, wer mit Sprache spielt wie mit Zweigen und Blättern, die man so findet und glättet? Der unbestechliche Ernst des Spiels – warum sollte er nicht poetisch sein? Wer sich nicht bückt, immer wieder, wie nach Steinen und Muscheln am Strand, wer nicht nachhört und nachlauscht, wer nicht doppelt liest und hinterhersinnt, den werden die Wörter nicht erhören.

Modellfall Leben – Ernstfall Lyrik: »Ich will spielen/und im Spiel/mich selbst aus dem Spiel lassen.« »Ich will/das Wollen vergessen/und das Nicht-Wollen des Wollens.« Warum sollte die Weisheit nicht lieben, wer Lust hat am Fabulieren, und warum, wer fabuliert, nicht weise sein? »Jenseits der Logik/fügt sich manches/harmonischer.«

Ob unsere Poetenwörter etwas bedeuten und eben deshalb nichts, oder umgekehrt: ob sie nichts bedeuten und eben deshalb etwas – Hauptsache, sie sind poetisch! Weshalb sind die Götter Götter, wenn nicht deshalb, weil wir sie nicht begreifen? Wenn wir die Welt lieben, lieben wir sie für die ungelösten Rätsel, nicht für das bißchen Klarheit, das sie uns gestattet.

Allein das Vielbedeutsame ist das Bedeutsame. Ich liebe nichts so sehr wie die präzise Ungenauigkeit von Begriffen; sie

ist das Schätzenswerte und Schützenswerte, weil am meisten Bedrohte in der Welt der immer größeren Präzision.
Die Aufgabe der Poesie ist eine unlösbare: Sie hat, jeden Tag aufs neue, den Mythos der Lösung in die Schranken zu weisen. Ihr Credo ist stets das »Credo quia absurdum«, und ihre Hoffnung treibt Blüten allein aus der Verzweiflung: Je ungehemmter die Babeltürme punktgenauer Gewißheit und aseptischer Effizienz in den Himmel schießen, umso besser steht der Wind für die große Wiederkehr des Geheimnisses.
Gedichte sind Landebahnen für Geheimnisse; Dichter aber nicht, wie dieses Bild nahelegen könnte, die Piloten, sondern allenfalls das Bodenpersonal des Rätselhaften. Mag ihre Rolle bei der allfälligen Wiederverzauberung der Welt auch nicht die einzige sein und die allererste, – unverzichtbar sind sie allemal. Wenn die Fluglotsen der Poesie streiken oder auch nur ihren Dienst nach Vorschrift versehen, geht nichts mehr am Azur des Rätselhaften; und wen das Kreuz des Südens nicht mehr in seinen Bann zieht, dem bleibt nur noch der Rentnertrost der Kreuzworträtsel.

Bernd Guggenberger

INHALT

BERND GUGGENBERGER, Univ. Prof., Dr. phil., geboren 1949 in Blasiwald (Schwarzwald), studierte Germanistik, Geschichte, Politik, Soziologie und Philosophie in Berlin und Freiburg. Lehrte an den Universitäten Freiburg, Bielefeld und Osnabrück Politische Wissenschaft und Soziologie. Seit 1988 als Professor für Politische Wissenschaft an der Freien Universität Berlin; neben vielfältigen publizistischen Arbeiten zahlreiche sozialwissenschaftliche Aufsätze und Bücher (zuletzt: »Sein oder Design. Zur Dialektik der Abklärung«, Berlin 1987; »Das Menschenrecht auf Irrtum«, München 1987; »Wenn uns die Arbeit ausgeht«, München 1988). Seit 20 Jahren regelmäßige Ausstellungen seiner Bilder und Objekte; veröffentlichte Lyrik und Kurzprosa im Rundfunk, in Zeitschriften und Anthologien; 1988 erschien sein Gedichtband »Dieser Stein denkt jetzt an Wien« in der Edition Isele; lebt z.Zt. in Bielefeld und Berlin.